나도 그림을 잘 그렸으면

나도 그랬으면 좋겠다

—

이세재 시집

—

홍영사

시인의 말

—

세월이 갈수록 꽃들이 점점 더 많이 핍니다.
봄이면 가슴에 꽃비가 내립니다.

꽃 같던 날도 있었고
꽃잎마다 짓밟힌 때도 있었는데
아직도 뭐가 남았는지
이제는 꽃이파리가 바늘이 되어 쏟아집니다.

꽃바늘에 찔려 피어난
삶의 향기

이 시들이 그 향기였으면 좋겠습니다.

2023년 여름
섬진강마을에서 이세재

차례

—

2부 용기도 사랑도 아닌 일이 더 어렵다

—

—

발문

—

1부

—

네가 보는 나도 그랬으면 좋겠다

새해 새벽에

어지러운 꿈결에 새벽잠을 깨니
원고지에 세로글로 써 내려간
윤동주 시인의 육필처럼
자취눈 흩뿌린 텅 빈 마당 가슴을
꾹꾹 밟고 온 너의 발자국

얼른 일어나
맑고 차가운 물로 세수를 해야겠다

새벽 강

다슬기가 뇌신경을 핥고 지나간다
새끼 붕어들이 지느러미를 흔들며
혈관에서 자란 이끼에 입질을 한다

얼마를 잤을까

버드나무 잔가지에 방울진
이슬이 얼굴 위로 구른다
물안개 속으로 하나 둘
승천하지 못한 영혼들이 사라지고
강변에 찰싹이는 어머니 기도소리

산소마스크 벗고
이젠 깨어나야겠다

폭설 내린 아침 메시지

간밤에 토라진 아내에게 창밖을 보여 줘 봐
오늘따라 더 일찍 일어난
아내의 손을 먼저 잡아 줘 봐
출근길 걱정돼도 좋은 건 좋다고 말해 줘 봐
속으로만 생각지 말고 큰 소리로 말 좀 해 봐
기다렸잖아 이렇게 되기를
하루아침에

오기로 시작하는 하루

칼에 베인 건 헤아릴 수도 없고
못에 찔리고 톱날이 손등을 할퀴고
팔 다리 뼈가 부러지길 두어 번
이빨도 네 개나 뽑고 또 박았다
당연히 크게 아팠고 아픔을 받아들였다

아침에 침대 모서리에 발가락을 찧었다
창피해서 비명도 못 지른
참을 수 없는 고통
너무나 하찮은 일상의
통증과 짜증에 오기가 솟는다

봄비

어머니 가꾸시던 몽글몽글한
텃밭에 상추씨를 부었더니
애기상추 연둣빛 이파리들이
보슬비에 젖고 있다

내가 애기였을 때 우리 엄니는
연두색 저고리 입고 나를
업어 키우셨다는데

보슬비 방울들이 엄마 등서 칭얼대듯
애기상추 잎새에 얼굴을 비벼댄다

사랑싸움

꽃들이 부대끼며 피었다
어머니와 아버지가 다투셨다

꽃들이 흐드러졌다
아내와 내가 흠뻑 싸웠다

꽃잎들이 다 졌다

멍든 꽃잎 몇 장이
문신으로 남았다
그리도 사랑받고 싶던

젊은 날의 사진

이거 우리 딸이고만
곱기도 허다
망헐 년
시집가더니 한 번도 안 와
늙지도 않고
부자로 잘 산디야
아이고 곱기도 허다
망헐 년……

이 사진을 보고
치매 깊으셨던 할머님께서
하신 말씀이다
당신의 처녀 적 사진인데

바람개비

바람개비
당신의 입김만 스쳐도
제 심장은 움직입니다

적막했던 문이 열리고
밝은 햇살이 비칩니다
새소리가 들려옵니다

힘들게 지나간 날들이
역풍으로 돌아온대도
이제는 멈추지 않아요

사랑의 풍차가 돕니다
당신이 잡은 손길에서
바람개비

주차연습

우로, 좌로, 그대로 후진, 후진, 정지
정지! 정지!! 정지!!! 쾅~~~
중년의 아내에게 주차를 가르치는
남편의 심장도 멈출 것 같았다
아니 브레끼를 밟아야지 왜 악셀을 밟아
운전 가르치다 이혼한다는 말이 생각나
이렇게 화나는 말을 꾹 참고
그러니까 후진 연습을 많이 해야 돼
사고는 뒤에서 더 많이 나거든 우리 인생도
뒤를 조심하지 않으면 큰 사고를 당하잖아
억지로 참는 남편의 꼰대 설교에
아내 역시 꾹 참았지만
끓는 자존심으로 그날 밤 잠을 못 잤다
차라리 큰 소리로 확 싸워버릴 걸……

새 차

새로 산 자동차에 시동을 걸어요
당신의 어깨에선 날개를 펼쳐요

차창을 열고 바람을 불러요
당신의 날개에 바람을 태우고
엔진 소리보다 더 빨리 달려요

구름이네요 비행을 시작했어요
저 아래 마을들이 꽃밭 같아요
우리의 시계에 숫자가 날아갑니다

지쳐 있었던 건 날개가 아니었어요
당신 마음속의 낡은 자동차였어요

어지러운 세상 살면서

바다 위에서 태풍이 휘몰아쳐도
심해는 고요하다
온 산에 봄꽃이 흐드러져도
산사의 뜨락엔
꽃잎 한 장 없다

바다를 나는 독수리는
심해 같은 바위 절벽에 둥지를 틀고
산에 사는 작은 새는
도량道場의 뒤뜰 팽나무에서 산다

나는 네가 저렇게 사는 걸 보고
네가 보는 나도 그랬으면 좋겠다

가훈

지나간 것은 소중하고 아름답게
지금 순간은 진지하고 성실하게
다가올 날들은 겸허한 소망으로

이렇게 가훈을 써 보았다
네모반듯하게 빈틈없이
언제 어디서나 저렇게만 살면
그때가 언제이건 그곳이 어디건
벌써 한세상 다 살았겠다

아들아 딸아

앞산에 가득 쌓이는 정월의 함박눈같이
이른 장마철 처마 끝에 흐르는 빗줄기같이
바라보다 바라보다 하루가 가는
창밖의 너희 모습에 우리가 익숙해지기를

가난한 사랑을 기워서 다려 입은 할머니였고
무거운 짐을 가벼운 척 지던 할아버지였다고
어느 날 창가에서 너희가 너희의
아들 딸에게 우리를 전설처럼 얘기해 주기를

사랑하는 아들아 딸아
너희의 고향은 별들도 먼 도심 한복판
하늘 향해 창문이 아름다운 집을 짓기를

절벽

절벽은
언젠가는 무엇인가는
떨어지는 곳이다

그 언젠가 나는 한때
그 절벽에서 떨어졌었다

누구나 두려워하는 절벽

막상 떨어져서 바라보니
흰 구름 걸쳐 있는
절벽이 하늘이었다

아직도

수평선 아득한 바닷가에
방풍림으로 서서
아주 먼 나라에서 불어오는
거친 해풍을 맞이하고 싶다

겹겹이 쌓였던 머리칼을
마음껏 풀어헤치고
어깨에 짓눌렸던 두 팔을
하늘까지 흔들어대리

아주 먼 나라에서 돌아오는
지친 철새들이 쉬어가려다
앉지도 못하고 그냥 지나가게

신록의 계절에

학교 동료였던 선생님의 조문을 갔다
우리는 수육에 소주를 마시며
세상 얘기로 떠들고 있었다

마침 함께 아는 젊은 제자가
조문 왔다며 인사를 했다
우리는 반가워서 그에게도 술을 권했다

그는 선생님 영전에서
어찌 술과 고기를 먹겠냐며 사양했다
어쩌면 우리에게 하는 말 같았다

창밖엔 신록의 단풍나무 숲이
잔바람에 일렁이고 있었다

나도 중환자 병문안을 가면
사지 멀쩡하게 잘 걷고 잘 먹는 내가

괜히 미안하고 부끄럽다
나에게도 아직은 저렇게
빛나는 계절이 남아 있다는 듯이

밤낚시

밤이 깊어갈수록 공기는 무거워진다
무거운 밤공기가 강물을 짓누르면
강물은 끝없이 넓게 퍼져나간다

세상 끝까지 펼쳐진 물 위에
한 점도 안 되는 나의 존재는 오직
내가 던진 낚시에서 번지는 파문이다

세상 끝에서 끝으로 언제일지 몰라도
내가 보낸 물결을 맥박처럼 느끼는
신호가 오기 전에 밤은 새지 않는다

꿈

담배 끊은 지가 언제인데
아직도 꿈에 담배를 피운다
평생 즐기는 낚시꿈은
언제나 허탕치고 고생만 하는데
꿈속에서 피는 담배는
그렇게 맛있을 수가 없다

담배꿈에서 깨어난 새벽이면
담배꽁초 주워 피던 옛 생각에
나도 이젠
이런 부끄러운 꿈에서 벗어나
기품과 권위가 넘치는 꿈을 꾸고
힘차게 일어나고 싶은데
꿈도 경험한 것만 꾸는 것이란다

시내버스 정류장

학교 앞 시내버스 정류장에선
학창시절 그 버스 냄새가 난다
책가방 냄새 생선 비린내 채소 풋내
화장품 냄새 술 냄새 땀 냄새

지금도 시장 입구 병원 앞 지나 공단 건너
아파트 단지 그리고 학교 앞 돌아서
그 길 그 길로만 다니는 시내버스
작은 섬과 섬을 잇는 연락선처럼
세상만물 다 싣고 노선을 완주하느라
털털거리는 엉덩이에 추억이 깊다

저 버스처럼 머물다 간 곳마다
향수鄕愁에 젖는 승객을 기대하며
조금 낡았지만 아직도 싣고 내릴 짐 많은
내 인생행로에도
정류장 몇 군데 세워야겠다

백수의 하루

백수의 시간은
어린 시절 기차 안으로 되돌아간다
나는 제자리에 앉아 있는데
창밖의 세상이 알아서 지나간다
아무도 내리거나 타지도 않고
아침에 출발한 하루가 도착한 곳은
시공을 건너뛴 낯선 세계다
희미한 기억 속의 고향산천 같은

내 나이가 어때서

어차피 목적지는 종점이고
야간열차의 적당한 흔들림은
육신을 편하게 풀어놓는다

차창 밖은 아득히 먼 우주인가
간간이 크고 작은
별무리가 지나간다
이 열차의 종점이 내가 가야 할
목적지가 맞는가

다시는 돌아올 수 없는
열차가 있다는 걸
가끔 생각하게 되었다
간간이 지나가는 불빛이 오늘따라
유난히 쓸쓸해 보이는데

갑자기 옆 좌석서 컬러링이 울린다

야이야야 내 나이가 어때서~~

2부

—

용기도 사랑도 아닌 일이 더 어렵다

아지랑이 피어날 때

어딘가가고싶은데갈곳이없을때

아니어딘가가야하는데갈곳을모를때

아니아니어딘가는아는데갈길이안보일때

아니아니아니어디가어딘가분간할수없을때

혼자 사는 이유

타인과 함께 서로 다른
기쁨과 슬픔을 공유하면서
나 아닌 내가 되어 살고 싶은가

현관문을 열고 들어섰을 때
누구의 입김도 섞이지 않은
순결한 공기는 얼마나 좋은가

밤 바다 겨울 산 머나먼 나라
아무 때나 떠나고 돌아올 때의
쓸쓸한 자유를 느껴 보았는가

이런저런 거 다 모르던 시절
영혼의 꼭짓점에 새긴 첫사랑
기다리는 고독을 알고 있는가

꽃소식

꽃 피는 날들이
점점 빨라지면서
겨울이 조금씩 사라지고
기다리며 참는 날들도 줄어들다가
사시사철 꽃이 만발한 그때가 되면
그리움마저 활짝 피어 버리겠죠
다시는 기다릴
소식도
없이

꽃비 홍수

봄이면 꽃길 아닌 곳이 없다
황금도 흔하면 돌멩이
꽃도 흔해지니 그냥 꽃

개량종 겹꽃들이야 피건 말건
낯선 꽃잎들이 춤을 추건 말건
그리운 꽃 그리운 등 뒤에서

연일 꽃비 주의보

꽃홍수가 터지겠네

홍수에는 신물이 난다
안 돌아볼란다

소나무가 있는 집

소나무는
어디에 있어도 품격이 다르다
하물며 험한 바위 절벽에서랴

사람들은
지금 사는 자리가 아늑해도
더 좋은 자리를 찾아 아우성인데

상처 많은 친구가
옹이 박힌 소나무처럼
딱 그 자리에 집을 짓고 산다

친구여

장마의 끝자락 비바람에
네 무덤 위 풀잎들이
우리의 기억 사이사이에서 나부낀다

'雨期의 詩'
장마철이면 우린
이렇게 제목만 쓰다 말았었지

그 제목이 시 전체였구나 너와 내게
각인된 한 마디 속에는 우주도 있었네
지금 너의 묘비가 너의 전부이듯이

5·18 묘역의 들꽃

다 이루었다는
어마어마한 말씀을 남기고
예수가 십자가에서 흘린 피가
빗물을 따라 방울방울
험한 계곡에 꽃으로나 맺혔을까
저렇게

들꽃, 피의 꽃
우리 사는 들녘의 부끄럼과 쓸쓸함이여
속죄의 언덕에 피어난 사랑의 슬픔이여

난닝구

속옷을 갈아입을 때마다
떠오르는 단어 '난닝구'
유일하게 듣기 거북했던
아버지의 그 발음이
애증으로 떠오르는 오늘

도락구 빠꾸 스베루 구루무
'우' 발음이 역겹게
어둡고 우울하고 음흉스러운 오늘

민족의 강간범을
풀어주는 나라를 사는 오늘
아버지가 끝까지 입에 물고 살았던
'난닝구'는 범죄의 증거물이었다

탁상 위의 어항

기억력이 3초라는 어항 속 금붕어는
세상이 늘 새롭다

돌멩이 두세 개와 모형 수초 한 포기지만
한 바퀴 돌면 또 새로운 세상인 것이다

하루 종일 한가롭게 유영하는 금붕어를
관상용으로 테이블에 두는 이유이다

어항의 평화가 이처럼 망각에서 왔기에
탁상 위의 어항은 깨질까봐 늘 불안하다

먹여치기

화초를 죽이려면 물을 많이 주면 됨
어항의 물고기도 마찬가지로
먹이를 자꾸 주면 됨
바둑의 대마 역시
죽을 때까지 먹여치면 됨
정치꾼은 돈을 조금만 먹여도 죽음
못된 친구는 엿 먹이면 되고
마누라의 성질을 죽이려면
남편이 욕을 얻어먹으면 됨
마찬가지로 국민의 성질을 죽이려면
대통령이 욕을 더 많이 먹으면 된다

영화 감상문

밤안개 낮게 잠긴 공원
물먹은 나뭇가지 부러지는
소리가 들렸다
웅장한 메타세콰이어 나무 뒤에서
독재자를 저격하는 비밀요원의
소음총 소리였다

죄의 심판은 죄보다 더 은밀해야 한다
정의가 쏘는 것은
우리가 모르던 속을 소리 없이
뚫고 들어가는 깊은 함성이어야 한다
총소리를 우리 가슴으로 받아내고
자유가 억압보다 더 숨죽이는
속편은 우리가 찍으리라

다시 읽는 무협지

고수의 칼끝은
어디를 겨누는지 알 수 없다
사방이 빈틈인데
팔방 어느 쪽으로도 공격할 수 없다
그래서 단 일 합에 당한다

고수의 초식을 읽는 자가 고수다
서로가 고수임을 알면서도
그들은 칼을 뽑지 않을 수 없다
그들의 손이 칼을 뽑는 게 아니다
칼이 칼을 뽑는 것이다

고수의 칼을 다스리는 자 영웅이다
칼날이 가고자 하는 반대쪽
칼등으로 상대를 눕히고

결투에 짓밟힌 풀을 일으켜 세운다

그는 천하를 다스릴 수 있다

마스크 시대

계속 쓰는 마스크가 가면이 되어
나는 나 아닌 내가 되어 가고
알던 사람들도 낯선 사람으로 변해간다
마스크로 표정과 입을 가리고
낯선 얼굴들이 눈으로만 말한다
낯선 자의 표정 없는 눈빛은
해석하기도 믿기도 어렵다

종말론이 오르내리는 불안한 시대에
바이러스가 두려운 건 질병과 죽음보다
우리 자신의 혼란에 있다
진정 벗어서는 안 되는 마스크라면
침묵의 마스크 시위대처럼
함께 바라보는 눈빛을 분명히 하자

낙엽에 대하여

소년은 낙엽을
죽음의 상징으로 배운다
청년은 자연의 이치라 하고
노년이 되면
사멸의 미학을 논한다

기온이 뚝 떨어지며 늦가을
스산한 바람이 스쳐가는 어스름
갈 곳 없는 뱁새 종종거릴 때
마른 가지에서 파르르 떠는
나뭇잎에 대하여
옷을 벗어 주겠다는 이는 없다

달빛 노정

동녘 산마루에서 달빛이
어둠을 밝히며 내려왔다
나무들이 서로의 그림자에 놀라
숨이 멎고 달빛도 창백해졌다

추수가 끝난 빈들로 나서면
서리 맞은 들풀이 반짝였다
서리 밟아 시린 발로
강물을 딛고 건너자 강물도 반짝였다

강변 여기저기 모여 사는 마을
고단한 단잠을 다독이다가
다시 고개 너머 아직도 불 켜진 도시
골목길에서 휴지 같은 어둠을 줍고
이젠 너의 창을 비추고 있다

어둠을 쫓는 외롭고 시린 몸을
네 곁에서 쉬었다 가고 싶은 것이다
창문을 열 때가 되었다

아이스크림

우유는 별 생각 없이 마시지만
아이스크림을 먹다보면
젖소가 생각난다

자신의 젖이 이렇게까지 현란하게
변모된 걸 보고 무슨 생각을 할까

아이들의 순수하고 따뜻한 입술에
사르르 녹는 모습이야 사랑이지만
큰 눈으로 나를 물끄러미 바라보던
젖소의 착한 얼굴을 잘 아는
내 입에서는 끈적한 눈물로 녹는다

닥나무

너도 나같이 하찮은 잡목이구나
라고 생각하며 자르고 있는 게
닥나무였다

볼품없는 이 나무 속살이
천 년이 지나도 그대로라는
그 희고 고운 화선지라니

그저 한 아궁이의 연기로
사라질 잡목의 껍질을 도려내고
두드려 다독이는 사랑의 담금질엔
천고의 세월이 오히려 연기로구나
너도 나도 하찮은 잡목이지만

겨울 파리

따뜻한 겨울이 계속되니
온갖 버러지들도 잘 죽지 않고
아예 인간과 함께 살려 한다
며칠 전부터 파리 한 마리가
방 안에 들어와 산다
여름 파리와 달리
휙휙 날지도 못하고 비실거린다
불쌍하지만 밖으로 나가지 않으면
파리채로 때려죽이겠다고 했더니
얼어 죽으나 맞아 죽으나 마찬가지니
마음대로 하란다
파리채 든 손을 어찌해야 좋을지
용기도 사랑도 아닌 일이 더 어렵다

길고양이 사랑

새끼 때부터 기른 길고양이 형제가
강아지처럼 잘 따랐다
팔베개로 자다가 식빵 모양으로
앉았다가 하품하며 눈 마주치고
깜빡이는 얼굴 인사에 꼬박꼬박
밥을 주고 사랑을 주었다

그 녀석들도 내게 뭘 주고 싶었는지
어느 날은 마당에 쥐를 잡아다 놓았고
뱀 대가리도 두고 갔다
놈들 생각엔 가장 귀한 것이었겠지

흥부네 제비가 물어다 준 박씨처럼
울 밑에 잘 묻었다
어찌 알랴
은혜의 보답이 무슨 기적을 가져올지

무당벌레

굿을 하다가 갑자기
죽은 듯 잠을 자는 무당
이 세상 너머 세계에 가서
신을 데려와야
작두 타는 무당으로 살아갈 수 있단다

무당의 옷처럼 화려하고 선명한
등딱지 무늬를 가진 벌레
잡으려 하면 죽은 척
정말 죽었나 뒤집어 보면
정말 죽은 것 같아 손을 떼는 벌레
무당벌레

삶의 길이 죽음의 작두 위에 있어
죽음으로 위장한 목숨이건만
무당의 이름으로 비굴하지 않다

달팽이

마음을 따라와 주지 않는 몸뚱이를
끌고 가느라 힘겹게 빠진 목이
몇 천 리는 되겠네

무성한 풀잎 그늘
길고 긴 여름날 아득하기만 하다

3부

—

딸기밭이 거기에 있다

섬진강 벚꽃 길

벚꽃 길은 쌍계사 계곡에서 시작됐다
활짝 핀 벚꽃과 꽃보다 많은
사람들로 가득 찼던 계곡
그보다 더 많은 꿀벌들이
암꽃 수꽃 사이에서 잉잉거렸고
처녀 총각도 이곳을 다녀가면
반드시 결혼을 했단다

그 씨앗이 번져
지금은 섬진강 100리
지리산 기슭마다 강둑마다
벚꽃이고 사람꽃이다

이 봄이 가고 저 꽃씨 꽃잎들 모두
다시 꽃으로 피고 사람이 되어
섬진강만 말고 이 강산 가득 채우라

동네 어귀

동네 어귀 빈터
이장님이 만든 꽃밭
봄에 피는 낯선 꽃은 없고
이름 모르는 꽃도 없고
여름부터 가을까지
봉숭아 맨드라미 백일홍 접시꽃
누구나 다 아는 오래 피는 꽃
청년회장님 고물 트럭도
살짝 치매가 온 박영감님도
십 리 밖에서 알아보는
작은 꽃밭 동네 어귀

우리 동네 일손

모 심고 나락 베던 젊은 일손은
이앙기나 콤바인 공장으로 갔고
육공칠공 노년들이 그 기계로
열흘에 할 일을 하루면 다 한다네
심고 기르고 타작까지 못하는 게 없어

우리 동네 청년회장은 58세
부녀회장 65세 노인회장 81세
폐교된 초등학교 축사된 지 30년

오늘은 고추 따는 날
부녀회 집합하여 동네 고추 따기
고추 매콤 상큼한 맛은 손맛인데
부녀회 없어지면 고추기계도 나오겠지

앞집 옆집 뒷집

뒷집 권사님 딸기잼 옆집 할머니 감자
앞집 영감님 멜론을 봄마다 선물 받고
바로 답례하면 받은 정 사라질 것 같아
가을에 추수하여 쌀 한 포대씩하고
매실주에 삼겹살을 드려야겠다

해마다 이렇게 마음먹고
가을일 바빠서 어쩌다 보면 그냥 지나가
늘 마음에 새기고 있는데
벌써 뒷집 권사님 마당에서
올해도 딸기잼 고는 향기 난다

할머니네 호박

할머니 혼자 사시는 옆집
시멘트 담을 붙잡고 호박이 자랐다
늦장마가 끝나고 무성해진 호박 줄기에
불쑥 큰 호박 하나가 대롱거렸다
호박이 커질수록 불안했는데
어느 날 호박이 담장 위에
반쯤 얹혀 있었다
떨어질까 봐 지팡이로 받치고
지푸라기 또가리를 괴어 놓았다
서울 사는 아들은 추석에나 올지 말지

비닐멀칭

트랙터로 갈아엎고 로터리 쳐서
관리기로 곱게 이랑 만들어
양분 수분 보호하며
잡초를 방지하는 비닐멀칭을 하고
딸기 감자 양파 고구마 마늘 고추
허리 두드리며 심었는데

모든 밭작물이 옛 맛이 아닌 것은
종자개량 화학비료 기계농사로
대량생산만 하는 탓이란다
농부들의 정성도 없고

듣기 거북하나 틀린 말만은 아니니
비닐로 흙을 뒤덮는 멀칭이라도 안 하면
하늘맛 바람맛 이슬맛이 스며들어
질 좋은 밭작물이 되지 않을까요

라고 영농회장께 말했더니 그분 왈

양보다 질 찾다가 굶어죽어 이 양반아

수박 타령

취침 시간의 군대 막사 침상처럼 수박농원 비닐하우스 안에는 수박 줄기가 1500열 종대 차렷 자세로 나란히 나란히 누워 자란다 낮에는 뜨거운 햇살을 맘껏 즐기다가 밤이 되면 불평불만으로 시끄럽다 수박 하나만 크게 키우려고 줄기를 줄이고 수많은 열매를 솎아버리더니 오늘은 독한 진딧물 약으로 숨을 못 쉬게 해 요즘은 겉 다르고 속 다른 놈이라고 우릴 아주 배신자 취급을 한다니 정말 속 터진다 아휴 방은 왜 이리 비좁아 투덜대며 뒤척이며 뒹구느라 어느새 껍질은 단단해지고 열대의 고향 꿈에 단잠을 자고나면 속은 겉과 달리 부드럽고 달게 익어간다

딸기 따는 날

자전거 타고 할머니들이
딸랑딸랑 일당 벌러 가는 길
베트남 총각도
도시락 들고 신나게 가는 길
서른 살 경운기 딸딸거리고
손녀 딸내미 깡총대면
민들레 노랑꽃이 손짓하는 길

딸기밭은 그 끝에 있다

먼지 나는 길 시끄러운 길
소똥냄새 닭똥냄새 다 지나서
딸기 따는 날은

딸기밭이 거기에 있다

감자 캐기

왕왕, 왕, 특대, 대, 중, 소, 조림
크기별로 이렇게 분류해서
같은 무게로 감자를 포장한다
같은 품질 같은 무게인데
왕과 소의 값은 7배 차이가 난다

큰 감자는 씨눈이 웃는 듯 크고
작은 것은 눈도 코도 잘 보이지 않는다
같은 땅에서 같은 물을 먹고 자랐는데
왜 그런지 이유를 감자에게 묻고 싶다

하긴 세상 만물은 모두 생김대로
쓰임이 있으니 탄생 자체가 축복이다
다만 저기 캐다가 찍히고 잘려서
쓰레기로 버려야 할 감자 조각들은
무슨 의미를 붙여 잊어야 하나

가지치기

너는 꽃눈이 없어서 친다
너는 너무 길게 뻗어서 친다
너는 병들고 시들어 가니까 친다
너는 옆가지의 양분을 뺏으니 친다
너는 전체 수형을 잡으려고 친다
너는 옆가지와 부딪쳐서 친다
너는 상처가 있어서 친다

이렇게 이유가 있어서 가지를 치지만
고백하건대 사실은
잘 모르고 바빠서 실수로 이유 없이
잘려나간 가지가 훨씬 더 많다

아침노을 저녁노을

누가 말했던가
아침놀은 희망의 서광이고
저녁놀은 소멸의 쓸쓸함이라고
희망과 절망이란 말이 허망한 말인 걸
시작과 끝이 서로 꼬리를 무는 걸
강변에서 보고 듣고 살았더니
아침노을 저녁노을이 다
축복이었다네

개구리 우는 밤

개구리가 겁나게 많이 우는 밤
오다 그친 단비에 들녘이 술렁이는 밤

안방 텔레비전 트로트 경연에선
애달프고 흥겨운 가락도 넘나드는데

강 언덕에 홀로 선
왕버들 한 그루만 적막하다

아름드리 둥치와 겁나게 큰 키
개구리들 두려워서 더 크게 운다

소일거리

쪽파 시금치 냉이 조금씩
시장바닥에 마대 한 장씩 깐
할머니들의 노점

장바구니가 어울리는
주부들의 발길에
채소들이 긴장을 한다

"할매 요거 쬐끔만 더 줘"
"아이고 안 되야 소일 삼아 허는디
베룩의 간을 빼먹을라고?"

정겨운 반말이 딸같이 예뻐서
노인의 말투는 강한 부정이지만
눈빛은 이미 다 주고도 남는다

초여름 풍경

심어 놓은 벼가 자리를 잡아
제법 푸르러진 논두렁에
콩을 심는 할머니

아까부터 논 가운데서
먹이를 찾는
백로에게 눈길을 준다

백로도 긴 목을 빼서
간간이 바라보는
할머니와 눈이 맞는다

등이 굽은 초여름 한나절
할머니와 백로 저 멀리
뭉게구름 피어난다

배추밭에서

배추벌레는 배춧잎을 지도처럼
갉아먹고 그 지도의 어디엔가 숨는다
봄이 오면 지도 속 어느 양지뜸에서
배추에는 추대가 올라와 꽃이 피고
배추벌레는 고치를 벗고 나비가 된다
지난 봄 함께 도망쳤던 배추꽃과 나비인지
내년 봄에 또 만날 약속을 하는 듯
배춧잎과 배추벌레는 그들의 지도에서
서로 숨겨주고 숨는다

풀씨

장마 끝 담장 벽돌 틈새에
풀잎 서너 장
저기에도 풀씨가 숨어 있었네

해가 뜨나 별이 뜨나
어둠 속에 반짝였을
초롱한 눈망울 스쳐간다

뿌리 내려 물 마시고
햇살 아래 숨을 쉬는
푸른 잎 단꿈이 어딘들 어떠랴

장마 끝 파아란 하늘 저물고
7년 가뭄 다시 와도
어디든 꼭꼭 숨어 있어라

홍수 탓

섬진강변 우리 마을
홍수경보에 몸만 빠져나왔다
우리집 천장까지 흙탕물이 쓸고 갔다
사촌네 진돗개는 목줄에 묶인 채 죽었고
뒷마당엔 월척 붕어가 뻐끔거리고 있었다

논밭에서 사라진 작물은 또 심으면 되고
떠내려간 소 돼지도 잊을 수 있는데
서랍장에 간직했던 사진첩
할아버지 할머니의 왜정 때 이야기며
어머니 아버지의 제주도 여행기
형제자매 아이들의 어린 시절을
파낼 수 없는 흙 속에 묻어 버렸다

내가 그리도 좋아한 섬진강 물이
왜 그랬을까 왜 그랬을까

황금벌판

눈부신 가을
황록빛 논을 쓰다듬으면
벼 이삭은 고개를 더 숙이고
수줍은 벼 잎이 손목을 잡아준다

이렇게 숨결 소박한 가을 들녘을
누군가가 황금벌판이라 불렀다

넓은 들 전체는 풍요롭겠지만
그중에 내 논은 단 한 필지
그래도 팔 벌리고 웃는
우리 허수아비 목에
금목걸이 걸어주는 것 같은
황금벌판이란 말이 오히려 초라하다

농촌 일기

우리 동네 70대 부부가 평생
딸기 수박 하우스 농사를 지었다
재래식 비닐하우스 8동 1600평
최소 4명의 일손이 필요한 일을
둘이서 밤낮없이 해냈다

그리고 오늘
부부는 병이 깊어 요양병원으로 가고
그 비닐하우스는 철거되어
쌀농사 지을 논으로 팔렸다

쌀이 남아돌아 쌀값은 자꾸 떨어져도
논은 매물이 나오기 무섭게 팔린다
남는 쌀이 쌓여가듯이
무언가 쌓여가는 우리 동네

바나나 나무

서리가 내리면 밑동을 자르고
왕겨를 덮어 겨울을 난 바나나 나무
봄이면 죽순처럼 새순이 올라와
한여름 키가 지붕을 넘보는
나무 아닌 나무가 텃밭 한쪽에 있다

남쪽나라 태생이라는 문짝만 한 잎이
곁에 있는 감나무에 부담스러워
마을 사람들도 처음 보는 나무라며
우리집을 바나나집이라 부른다

여름 내내 텃밭이 어색한 바나나 나무
가을이 오면 왕성했던 잎도 기가 죽고
서리 맞고 밑동이 잘리며 십여 년 지나니
올해는 제법 키도 잎도 작아져
토종 나무인가 한 번씩 만져보고 간다

강마을

은어 찾아 여울목 지키는 황새
목이 빠지고

깊은 물때 기다리는 나룻배야
사공도 돌아갔다

달맞이꽃 눈 비비고 하늘 보는데
초승달은 이미 뒷산을 넘어가

밤 깊어 마을까지 여울물 소리
너도나도 뒤척이다 등불을 켠다

강둑에서

여름이 늙어가는 강둑에서
한 떼의 강아지풀들이
오요요 부르는 바람소리에
정신없이 꼬리를 흔들어대다가
벌써 익어 흩어지는 제 씨앗에 놀라
황망히 하늘을 올려다본다

그 하늘에선 고추잠자리가
주름이 깊게 파인 날개 위에
붉은 눈물 가득 고인 두 눈을 싣고
제자리만 맴돌고 있다

그리고 여기 이렇게 있는 나는
걷다가 멈춰선 나를 물끄러미 보고 있다
알 듯 모를 듯 흐르는 강물을 보듯이

발문

—

이세재는 천상 시인이다

박구홍(소설가, 화가)

—

들꽃 향기를 맡을 때처럼

홍영철(시인)

—

그윽한 낮달의 미학

김영호(문학평론가, 시인)

—

이세재는 천상 시인이다

박구홍(소설가, 화가)

이세재는 천상 시인이다.

처음 볼 때부터 그런 생각이 들었다. 괜히. 괜히가 아닐지도 모른다. 그때가 중 2 때였으니까 뭔가가 있었겠지. 사춘기적 불온한.

정확하게 얘기하자면 정지했다. 세재와 나 사이의 풍경이 정지해 르노아르의 정물화가 되었다.

왜 그랬을까?

나중에야 알았다. 세재의 얼굴은 시든 가을 햇빛에 더욱 알 수 없는 연필화처럼 내 뒤에서 부유했다. 그날 밤 나는 신열을 알았다. 나만의 시인의 탄생이었다.

우린 70이 넘었다. 나는 아직도 그의 시를 읽으며 신열을 앓는다.

들꽃 향기를 맡을 때처럼

홍영철(시인)

시는 사람이 쓴다. 사람이 살아가면서 느끼는 여러 감흥을 함축적이고 상징적이며 운율적인 언어로 표현한 글을 시라고 한다. 그러므로 시 속에는 사람이 들어 있기 마련이다. 흔히 진실된 사람을 그렇지 못한 사람보다 우위에 놓듯이 진실된 시 역시 그렇지 못한 시보다 우위에 놓인다.

이세재 시인의 시를 읽으면 그의 진면목을 마주하는 것 같다. 살아가면서 느끼는 갖가지 감흥이 함축적이고 상징적이며 운율적인 언어로 진솔하게 표현되어 있다. 애써 치장하고 과장하지 않으니 그 생각에 사사로움이 없다. 목적과 이유를 전제하지 않으니 맑은 성찰이 더 빛나 보인다. 마치 들꽃 향기를 맡을 때처럼 순수한 느낌을 받는다. 시는 그래야 한다.

그윽한 낮달의 미학

김영호(문학평론가, 시인)

이세재 시인은 늘 조용하면서도 정갈한 기품을 잃지 않는다. 그의 시 또한 우아하고 단정하다. 그는 넘치는 서정과 뜨거운 열정으로 세상을 향해 외치는 시들을 마구 쏟아내지 않는다. <전북일보> 신춘문예로 등단한 지 13년 만에 엮은 첫 시집 <뻐꾸기를 사랑한 나무>의 맨 앞에 붙인 시인의 자서自序에서, '시답게 살지 못하면서 시를 쓴다는 것은 위선이라는 생각에 시도 잊고 살았습니다'라고 고백하듯, 그의 시는 시적 삶을 전제하는 순정을 고집하기에 애초에 다작을 기대하기 어려움을 알 수 있다. 사실 그는 1960년대 후반의 고교 시절부터 문예반으로 활동했다. 당시 그와 함께한 박구홍은 나중에 소설가와 방송극작가로 유명세를 타고, 이영석은 서양 사학자가 되어 해외 유학파도 아니면서 영국 본토의 역사학자 못지않은 논

문으로 영국 사회사 연구의 권위자로 주목받았다. 고교 시절 시인 삼총사 중 유일하게 시인의 꿈을 이룬 이세재의 첫 시집에, 박구홍과 이영석이 나란히 발문을 써서 함께한 것도 다 그런 인연 때문이었을 터이다.

그들과 고교 시절을 함께한 나는 고향 집 대청마루에 쌓여 있는 아버지의 책 가운데, 일어판 문학전집 사이에 낀 이태준의 <문장강화>와 일본인이 쓴 <박열 투쟁기>의 번역본을 읽으며 막연히 문학의 꿈을 키우며, 그 삼총사가 대학의 문예 백일장에 참가하는 모습을 부럽게 바라보곤 했다. 그들 중에서 활달하고 끼가 넘치던 박구홍은 습작 시를 큰소리로 낭송하거나 퇴근하는 예수병원 간호사들을 뒤따르며 즉흥적으로 만든 단막극 시나리오를 일인다역으로 대사를 읊조리다 간호사들이 화들짝 놀라 뒤돌아보며 까르르 웃으면 신이 나서 신파조로 한층 목소리를 높이곤 했다. 세재와 영석이는 늘 조용하고 다정해서 친구들의 응원을 많이 받았지만, 막상 백일장 수상은 구홍이가 했다. 구홍이는 자랑 삼아 자신의 수상작을 칠판에 가득 써놓고 낭독했는데, 나는 구홍이가 꼭 문인이 될 거라고 여겼다. 구홍이는 연마다 후렴구를 반복해 리듬을 살리는 등 나름 시적 구성법을 터득하고 있었기 때문이다.

이렇게 문학청년 시절까지 따지면 이세재의 첫 시집은 거의 40년 만의 결실이라 할 수 있다. 오랜 시간 '시답게 살려는' 그의 결벽증으로 시를 잊고 낚시 등으로 방황하다가, 문득 밤낚시에서 외눈박이 붕어를 잡았다 풀어준 다음 날 다시 잡은 그 외눈박이 붕어처럼, 오로지 한 생각만 고집하는 자신의 결벽증에서 벗어나 다시 시를 쓰게 됐다고 앞의 자서에서 밝힌다. 즉 시답게 살아야만 시를 쓰는 것이 아니라 '시답게 살기 위해서 시를 써야 함을 깨닫게 된' 것이다. 그래서 그는 시와 삶이 엄격한 선후 관계가 아니라 서로 긴밀하게 연결되는 순환적 인과관계임을 깨닫게 해준 외눈박이 붕어에게 기꺼이 첫 시집을 주고 싶다고 말한다. 그의 이런 깨달음은 첫 시집 뒤 17년 만에 엮는 이번 시집에서 훨씬 자연스럽고 농익은 모습으로 드러난다. <아침노을 저녁노을>은 시작과 끝이 서로 엄격히 구별되는 차별적 모습이 아니라, 각기 나름의 의미와 아름다움을 갖춘 대등한 존재임을 오랜 삶의 여정을 통해 깨닫고 둘 다 삶의 축복으로 받아들인다.

누가 말했던가

아침놀은 희망의 서광이고

저녁놀은 소멸의 쓸쓸함이라고

희망과 절망이란 말이 허망한 말인 걸

시작과 끝이 서로 꼬리를 무는 걸

강변에서 보고 듣고 살았더니

아침노을 저녁노을이 다

축복이었다네

— <아침노을 저녁노을> 전문

　이런 삶의 예지를 깨닫게 해준 것은 넉넉한 지리산 줄기
아래 안긴 섬진강 강변에서 자연의 순환 속에 순응하며 살
아온 자신의 삶이다. 아침과 저녁, 시작과 끝, 희망과 절망
이 다 허망한 말이라는 걸, 커다란 산에 막혀 끝난 길에서
다시 강이 시작하면서 물길로 이어지고 또 멈추지 않고 계
속 흐른다는 것을 알고 나니, 굳이 구별하여 이름 붙이며
그 이름에 얽매여 애면글면 살아가는 모습이 마침내 허망
하고, 다 한 실체의 다른 모습에 불과했음을 깨닫고 이를
모두 기쁨으로 받아들이는 것이다. 사실 우리는 각기 서 있

는 위치에 따라 달리 보이는 대상의 상대적이고 일시적인 모습을 절대적이고 영원한 실체인 양 오해하고 기쁨에 들떠 자만하거나 아니면 실망하여 낙담한다. 마치 지리산을 기준으로 보면 듬직한 산줄기에 섬진강이 포근하게 안긴 모습이지만, 섬진강 백릿길에서 지리산을 보면 치렁치렁한 강줄기가 지리산 자락을 보듬고 등 두드리며 흐르는 것과 같은 이치이다. 한편 이런 깨달음이, 노년의 시인이 강변의 삶을 느긋하게 바라보는 이른바 '황혼의 사색'에서 비롯된 사변적인 것이 아닌가 하는 의문이 들 수도 있다. 하지만 그 누군들 살면서 희로애락의 다양한 시련에서 벗어날 수 있었겠는가. 그도 한때 '누구나 두려워하는 절벽'에서 떨어진 경험이 있다. 그러나 '막상 떨어져서 바라보니 흰 구름 걸쳐있는 절벽이 하늘이었다'라고 말한다(<절벽>). 추락한 땅에 엎드러져 그 충격과 고통만 짓씹으면 절망이 되는 것이고, 떨어진 절벽 위 하늘을 보며 그 위험을 무시한 자신의 무모함을 되짚으며 다시 한 걸음씩 땅을 딛고 오르면 삶의 희망을 찾을 수 있다는 것이다. 이렇듯 시작과 끝이 서로 물고 물리며 순환하는 것을 시인은 오랜 삶의 경험과 깊은 성찰을 통해 체득한 것이다.

우리가 살면서 겪는 희로애락의 여러 양상이 다 하나로 연결되어 순환하며, 나아가 우리를 둘러싼 자연이나 우주와도 긴밀하게 연결되어 순환한다. 빅뱅으로 우주가 탄생한 후 떠돌던 먼지구름이 모여 별이 되고 그 별이 성장하다 노쇠해 죽어가며 우주 공간에 흩뿌린 생명의 씨인 원소들이 모여 만물이 형성되었으니, 우리 모두 진정한 별의 자녀이며 우리 몸을 구성하는 모든 원자와 분자에는 빅뱅에서 현재에 이르는 우주의 역사가 새겨져 있다고 과학자들은 말한다. 별의 자녀인 우리 또한 죽으면 원소로 분해되어 우주로 되돌아가 끝없는 생사 순환을 반복할 것으로 과학은 밝히고 있다. 이렇게 본다면 우리의 죽음은 끝이 아니라 우주적 순환 관계 속에서 변화하는 또 다른 시작이다. <젊은 날의 사진>은 이런 인식을 아주 가슴 짠하게 표현한 작품이다.

이거 우리 딸이고만
곱기도 허다
망헐 년
시집가더니 한 번도 안 와

늙지도 않고
부자로 잘 산디야
아이고 곱기도 허다
망헐 년……

이 사진을 보고
치매 깊으셨던 할머님께서
하신 말씀이다
당신의 처녀 적 사진인데

— <젊은 날의 사진> 전문

　이 시는 치매가 깊은 할머니께서 당신의 처녀 적 사진을 보고 시집간 예쁜 딸로 착각하고 곱다고 감탄하면서 찾아오지 않는다고 원망했다는, 가슴 시린 이야기를 담고 있다. 물론 병든 노년의 애잔한 외로움과 딱한 모습이 담겼지만, 죽음을 앞둔 할머니의 모습과 성격 등이 그 분신인 딸을 통해 앞으로 이어질 것이기에, 그 죽음이 단절이나 소멸이 아님도 넌지시 암시하고 있다. 물론 할머니의 죽음으로 그 개체의 생명을 이루었던 다양한 원소가 다시 분해되어 흩어지거나 뭉쳐 또 다른 모습의 생명으로 우주적 순환을 이어갈 것이다. 할머니의 심각한 인지능력 저하로 일상생활에 불가능한 점이 많았겠지만, 당신의 젊은 날의 사진을 딸로 착각하는 일에 대한 평가는, 평소에 생명의 우주적 순환 질서를 까맣게 잊고 사는 우리의 현재 인식을 기준으로 평가한 것일 수도 있다. 사실 생명의 총체적 순환 질서로 보면, 할머니가 아닌 다른 가족 모두가 자신을 그런 순환 질서와 무관한 존재로 인지하는 까막눈의 상태에 있으니, 어찌 보면 나머지 가족이 어리석은 치매 상태인지도 모른다.

물론 가족들의 이런 인식은 근대의 합리적이고 과학적인 방법론의 바탕이 된 기계론적 세계관의 영향 때문인지도 모른다. 인간의 육체를 물리적인 인과관계에 의해 결정된다고 보고, 질병도 물리적 원인을 찾아 이를 교정하여 치료할 수 있다고 보는 것이다. 물론 이런 방법론은 현대 합리주의의 길을 열고 과학적 진보의 토대를 마련해 오늘날과 같은 눈부신 과학 문명의 발전을 이루었다. 그러나 자연에 대한 외경과 생물학적 자연법칙에 대한 몰이해로, 자연과 우주와의 교감 능력을 잃어버리고 자연과 생명을 얼마든지 통제할 수 있다는 오만에 빠져 이젠 기후재앙 등 자연의 심각한 반격에 직면해 대멸종의 위기까지 예측하는 상황이 되었다. 시인에게 아주 끔찍한 기억으로 남은 2020년 섬진강 제방 붕괴로 인한 홍수 피해는 대한민국 역대 홍수 피해 중 1위로 기록될 정도이니, 그 참혹함을 알 수 있다. 오죽하면 시인은 봄철에 지리산 자락과 섬진강 주변을 온통 울긋불긋 수놓는 꽃 잔치를 꽃비 홍수로 비유하며 '꽃홍수가 터지겠네//홍수에는 신물이 난다/안 돌아볼란다'라고 단호하게 말하겠는가(<꽃비 홍수>).

> 섬진강변 우리 마을
> 홍수경보에 몸만 빠져나왔다
> 우리집 천장까지 흙탕물이 쓸고 갔다
> 사촌네 진돗개는 목줄에 묶인 채 죽었고
> 뒷마당엔 월척 붕어가 뻐끔거리고 있었다
>
> 논밭에서 사라진 작물은 또 심으면 되고
> 떠내려간 소 돼지도 잊을 수 있는데
> 서랍장에 간직했던 사진첩

할아버지 할머니의 왜정 때 이야기며
어머니 아버지의 제주도 여행기
형제자매 아이들의 어린 시절을
파낼 수 없는 흙 속에 묻어 버렸다

내가 그리도 좋아한 섬진강 물이
왜 그랬을까 왜 그랬을까

— <홍수 탓> 전문

　시인의 가족 3대가 살아온 집의 천장까지 휩쓸고 지나
간 흙탕물로 사라진 농작물과 떠내려간 가축들보다, 시
인에게 가장 애잔한 일은 가족의 역사와 추억이 몽땅 흙
속에 파묻힌 일이다. 그는 이런 참혹한 일의 원인이 된 섬
진강의 거대한 힘 앞에 '왜 그랬을까'를 되뇌고 있다. 그
가 그토록 좋아한 섬진강 물의 변심이기에 더욱 안타까
운 것이다. 물론 섬진강과 오랫동안 교감하며 살아온 강
변마을에서 처음 겪는 큰 자연재해인 만큼 그 충격이 컸
을 것이다. 늘 고요하고 잔잔한 물결로 강변마을 사람들
에게 안식과 평화를 주던 강물이 왜 그리 거칠고 거센 흙
탕물로 용솟음치며 온 마을을 휩쓸어버렸을까 하는 의문

은, 산업혁명 이후 자연에 대한 잔혹한 수탈로 이룬 눈부신 현대문명 속에서, 언제든 자연을 인간의 통제하에 둘 수 있다는 오만함에 대한 자연의 반격이라는 생각이 아니었을까. 더구나 당시 엄청나게 쏟아진 폭우를 인간의 통제로 감당하기엔 쉽지 않았을 수 있다. 우리는 해마다 장마철이면, 아주 오랜 시간 동안 지질학적인 과정을 통해 만들어진 강과 토사의 흐름을 무시하고 인간의 의도 아래 길들이려 하는 노력이 얼마나 허망한가를 직접 목격한다. 예전의 물길을 막아 우회시키고 그곳에 터를 닦아 지은 집에, 홍수로 거세진 물길이 다시 옛길로 밀려와 집 가운데를 뚫고 지나간 모습을 텔레비전을 통해 본 적이 있을 것이다. 자연의 위력과 그 규모에 대한 우리의 판단은 늘 부족함을 겸허하게 인정해야만 한다. 우리는 결국 자연의 일부이며 자연에 의존해 살아온 존재임을 깨닫고 생물학적 자연법칙에 순응해야, 앞으로 미래를 제대로 예견하고 자연의 반격에 대비할 수 있을 것이다.

그런데 수자원학회의 '2020년 섬진강 홍수 원인 조사'에 의하면, 자연에 위력에 대한 이해 부족보다도 설계 기준에 못 미치는 교량이나 도로 등이 섬진강 제방 붕괴의 직접적인 원인이었던 것으로 드러났다. 특히 섬진강 댐 하류 수해 지구 76개 소를 조사한 결과 계획 홍수위를 넘는 홍수 발생으로 제방을 월류한 사례는 없었고, 대부분 제방이 홍수위보다 낮거나 부실해서 피해가 발생한 경우였다고 한다. 이로 보면 인간의 통제를 뛰어넘는 자연의 위력도 문제지만, 제방과 주변 교량이나 도로 등을 예상한 홍수 수위만큼 제대로 시공하고 관리하지 못한 인재도 큰 문제였음을 알 수 있다. 자연의 위력과 규모에 대한 겸허한 인식으로 예상 가능한 자연재해에 대한 철저한 대비가 중요하다. 더이상 철저히 대비하지 못한 책임까지 자연에 떠넘기는 무능과 무책임을 반복해선 안 된다. 이쯤 되면 시인의 의구심처럼 섬진강은 당최 억울하다.

시인은 남원의 섬진강 강변마을에서 농사를 지으며 산다. 변화된 농촌환경에 적응해 직접 농기계를 작동해 논농사를 짓고, 비닐하우스에 딸기·수박·멜론 등을 재배하고, 일손이 부족한 만큼 비닐멀칭도 한다. 물론 이런 농기계 영농은 농민의 노령화와 일손 부족으로 불가피한 일이긴 하지만, 자연에 수동적으로 순응하는 전통 농법에서 벗어나 체계적인 관리로 수확량을 늘리고 소득도 높이는 과학영농인 셈이다. 하지만 아무리 체계적으로 관리해도 자연재해를 피하기엔 한계가 있고, 무엇보다도 자본주의적 산업 영농으로 많은 에너지를 쓰며 나름의 공해도 배출한다는 문제가 있다. 특히 대규모 축산업의 메탄가스 배출이나 지하수 오염과 악취 등은 농촌의 심각한 문제이다. 무엇보다도 가속화되는 산업화로 인한 기후변화의 영향으로 농촌에도 많은 변화가 생기고 있다. 지구 온난화로 개화 시기가 빨라지고 만물의 근본이 되는, 생겨나고 자라고 맺고 거두는 원형이정元亨利貞의 자연 질서마저 사라져 '사시사철 꽃이 만발한' 그런 시절이 올지도 모른다. 시인은 그런 세상이 오면, 꽃이 피길 그리워하며 알찬 수확을 기대하며 기다리는 일마저 사라지는 그런 무미건조한 세상이 되지 않을까 하는 걱정을 담담하게 꽃소식에 빗대어 전한다(<꽃소식>). 기후 변화에 대한 걱정 못지않게 영농 과정에 이용되는 화학비료와 살충제로 인한 토양오염 그리고 각종 비닐이나 약병 등의 쓰레기 배출 또한 심각한 문제이다. 시인은 비닐멀칭이 잡초 발생을 억제하고 양분이나 수분의 유실 감소로 농작물의 생산성과 품질을 높여주며 제초제 사용을 줄이는 효과가 있지만,

기계화 수확 작업이 어렵고 폐비닐 수거와 처리 비용 증가와 환경오염 등의 문제가 있음을 잘 안다. 무엇보다 시인은 대량 생산의 기계 농사로 모든 밭작물이 옛 맛을 잃어버린 것이 안타깝다. 그래서 '비닐로 흙을 뒤덮는 멀칭이라도 안 하면 하늘맛·바람맛·이슬맛이 스며들어 질 좋은 밭작물이 되지 않을까요' 하고 영농회장에게 말했다가 '양보다 질 찾다가 굶어죽어 이 양반아' 하고 면박을 당한다(<비닐멀칭>).

　그는 강변마을에서 책이나 읽으며 자연 속에 유유자적하기보다는, 이웃들과 똑같이 농사를 지으며 정겹게 지낸다. 그는 학창 생활과 직장 생활을 도시에서 마치고 삼대가 오순도순 살던 그리운 고향으로 돌아와 원래의 마을 사람이 되었다. 그는 늘 한결같은 섬진강 강변마을에서 순박한 고향 사람과 동화되어 살지만, 섬진강의 유장한 생명력과 '논은 비뚤어져도 장구는 바로 치는' 농민들의 해학과 풍자를 내면화하고 있다. 그의 <먹여치기>는 자신이 죽을 걸 감수하면서 저항하는 고육지책이면서도 끈질긴 저항 의지를 담고 있다. 어찌 보면 아주 무모하면서도 쉽게 물러서지 않는 오기로 익살스럽게 저항하니 이

에 대한 상대방의 대응이 쉽지 않은 점에서 삶의 지혜가
담긴 저항이다.

> 화초를 죽이려면 물을 많이 주면 됨
> 어항의 물고기도 마찬가지로
> 먹이를 자꾸 주면 됨
> 바둑의 대마 역시
> 죽을 때까지 먹여치면 됨
> 정치꾼은 돈을 조금만 먹여도 죽음
> 못된 친구는 엿 먹이면 되고
> 마누라의 성질을 죽이려면
> 남편이 욕을 얻어먹으면 됨
> 마찬가지로 국민의 성질을 죽이려면
> 대통령이 욕을 더 많이 먹으면 된다
>
> — <먹여치기> 전문

이는 예수가 말한 '왼뺨 돌리기'의 비폭력 저항과 같은
당당함이 있다. "누구든지 네 오른편 뺨을 치거든 왼편
도 돌려대며"라는 예수의 가르침은 폭력의 피해자가 폭

력에 맞서지 않고 순응하는 무저항주의로 오해되고 있지만, 당시 유대의 '뺨치기' 관습으로 보면 비폭력 저항을 담고 있다. 지중해 문화권에서 왼손 사용은 점잖지 못한 행위로 인식되기 때문에, 강자가 약자를 모멸할 때 오른손 손등으로 오른뺨을 친다고 한다. 이때 왼뺨을 들이대는 것은 '그래, 정식으로 힘껏 때려 봐라' 하며 강자의 폭력에 당당하게 맞서는 저항 의지의 표현이다. 따라서 예수의 '악한 자를 대적하지 말라'는 가르침은 악한 자의 폭력을 비굴하게 감내하라는 뜻이 아니라, 폭력에 폭력으로 맞서지 말고 비폭력으로 당당하게 저항하는, 적극적이고 해학적이며 끈질긴 방법을 제시한 것이다. 이런 예수의 가르침이, 오랫동안 강자의 잔혹한 수탈과 폭력에 시달리며 체득한 우리 농민의 건강한 저항법에 오롯이 살아있음을 이 시가 잘 보여주고 있다.

이런 예지는 <다시 읽는 무협지>에서도 드러난다. 남학생들이 학창 시절 밤을 새워 읽는 무협지 시리즈는 무림 고수들의 복수극을 그 줄거리로 한다. 그 복수 과정에서 현란한 검법이나 권법 등이 선보이며 남학생의 피를 끓게 한다. 그러나 나이가 들어 다시 무협지를 읽으면 전혀 다른 모습이 보인다. 고수의 초식을 알고 그 고수의 칼을 다스리는 영웅은, 칼날이 아닌 칼등으로 상대를 제압하고 쓰러진 상대를 일으켜 세울 줄 안다. 이런 영웅이 결국엔 세상을 다스리게 된다. 우리의 현실도 무협지의 영웅처럼 생명을 존중할 줄 알고 기꺼이 약자를 부추기면서 세상을 다스린다면 얼마나 다행스러울까. 사실, 삼십육계 줄행랑이나 이간계와 지피지기 등 온갖 병법을 들먹이지만, 최고의 병법은 싸우지 않고 평화적인 방법으로 이기는 것이다. 하지만 이런 평화적인 방법은 나약한 타협론으로 쉽게 무시되고, 힘을 앞세운 호쾌한 제압만이 최선이라며 열광하는 것이 현실이다. 하지만 막상 그 제압 과정에서 입는 서민들의 희생이나 막대한 피해는 애써 외면하니 안타깝다.

정겨운 자연 속에 뿌리를 내리고 그 자연의 일부로 살아가며 생명의 근원적 순환 질서에 순응하며 남을 가르치거나 자신을 앞세우지 않으며 살고자 하는 시인의 소박한 꿈은, 자신의 삶이 자녀들에게 그윽한 그리움으로 추억되는 것이다. 힘든 여건 속에서도 의연함과 우아한 기품을 잃지 않던 부모와 조부모의 모습으로 자녀와 손자들에게 기억되길 바란다. 자녀들이 앞으로 자신과 달리 자연에서 벗어나

도심에서 살아갈 것임을 기꺼이 수긍하면서도, 그들이 자연과의 교감을 잃지 않고 '하늘을 향해 창문이 아름다운 집을 짓기를' 열린 마음으로 소망한다(<아들아 딸아>).

그는 나름 학문적 소양도 쌓고 또 직업적 성취도 이루고 시인의 명예도 얻었지만, 스스로 이름 없는 잡목과 동일시하면서 이웃들과 스스럼없이 어울리고, '굳이 자신을 드러내지 않으며 존재하는 낮달'과 같은 삶을 살고자 한다. 마치 그와 평생 함께한 섬진강이 깊고 평안한 모습으로 '알 듯 모를 듯' 흐르듯이 말이다(<강둑에서>). 수많은 작은 자들의 온갖 설움과 꿈이 켜켜이 서려 있는 지상을 조용히 비추는 낮달은 강렬하고 뜨거운 태양과 대조된다. 태양은 너무 밝아 정면으로 바라볼 수 없고 가까이 가면 모두를 태워버리지만, 그윽한 낮달은 자신을 드러내지 않으면서도 세상을 밝게 비추기에 우리와 함께하며 정겹게 서로 마주할 수 있다. 그는 섬진강 강변마을에서 스스로 농사를 짓는 생활에 만족하며 참 자유를 누리며 산다. 그는 자립과 자족의 참자유인으로 살면서, 이웃들의 고단한 일상을 다독이며 공감과 연민의 정으로 그들을 가까이 끌어당긴다. 마치 달의 인력이 지구의 자전축 기울기

를 안정적으로 유지해줌으로써 계절이 변화하고 물이 뒤
바뀌며 생물들이 살아가게 하듯이 그렇게 한다. 그와 같
이 낮달의 역할을 기꺼이 감당하는 사람들이 주변에 있기
에 이 세상이 조화롭게 변할 수 있다. 그런 만큼 그의 시
는 우리 삶을 충만하게 하고 살맛 나게 해준다.

> 바다 위에서 태풍이 휘몰아쳐도
> 심해는 고요하다
> 온 산에 봄꽃이 흐드러져도
> 산사의 뜨락엔
> 꽃잎 한 장 없다
>
> 바다를 나는 독수리는
> 심해 같은 바위 절벽에 둥지를 틀고
> 산에 사는 작은 새는
> 도량道場의 뒤뜰 팽나무에서 산다
>
> 나는 네가 저렇게 사는 걸 보고
> 네가 보는 나도 그랬으면 좋겠다
>   ― <어지러운 세상 살면서> 전문

시인의 정갈하고 기품 있는 삶의 자세는 이 작품에 잘 드러난다. 시인은 거센 시련에도 두려움에 젖지 않고, 넘치는 기쁨에도 욕심내지 않으며, 백척간두의 절벽에 둥지를 튼 독수리처럼, 눈부신 성취에 휘둘리지 않고 자족할 줄 아는 작은 새처럼, 그렇게 살기를 소망한다. 아름답고 정겨운 섬진강 강변에서 자립과 자족의 삶으로 참 자유를 누리며, 아침노을과 저녁노을이 서로 인과적 순환 관계임을 깨닫고 모두 삶의 축복으로 받아들이는 그의 정갈하고 기품 있는 시심과 삶의 태도는 '존재하면서도 애써 자신을 드러내지 않는' 낮달처럼 깊은 평안을 준다.

나도 그랬으면 좋겠다

이세재 시집

—

2023년 9월 15일 1판 1쇄 발행

지은이 | 이세재

펴낸이 | 홍영철

펴낸곳 | 홍영사

주소 | 03150 서울시 종로구 우정국로 45-11, 4층 (동산빌딩)

전화 | (02) 736-1218

이메일 | hongyocu@hanmail.net

등록번호 | 제300-2004-135호

ISBN 978-89-92700-28-3 (03810)

값 12,000원